Luis Erlanger

salto alto

ubook UBK Publishing House

COORDENAÇÃO Alessandra Brito
EDIÇÃO Fernanda Barreto
REVISÃO Amanda Tracera
PROJETO GRÁFICO E CAPA Clarissa Duarte
DIAGRAMAÇÃO Joyce Matos

Dados Internacionais de Catalogação na Publicação (CIP)
(Câmara Brasileira do Livro, SP, Brasil)

Erlanger, Luis
Salto alto / Luis Erlanger. -- Rio de Janeiro: Ubook Editora, 2021.

ISBN 978-65-5875-604-0

1. Teatro brasileiro I. Título.

21-66220 CDD-B869.2

Ubook Editora S.A
Av. das Américas, 500, Bloco 12, Salas 303/304,
Barra da Tijuca, Rio de Janeiro/RJ.
Cep.: 22.640-100
Tel.: (21) 3570-8150

o salto do Erlanger

Gerald Thomas

Tens, como Hamlet, o pavor do desconhecido?

[...]

Tens, como Falstaff, o amor gorduroso da vida?
Se assim a amas materialmente, ama-a ainda mais materialmente

(Fernando Pessoa)

Pensem em *Esperando Godot* ou *Fim de Jogo*, ambas do mesmo Beckett.

Pensem nessa espécie de trama (ou *plot*) terminal acontecendo no alto

De dois prédios. A chave que nos revela o dilema e humor na peça do Erlanger

Está cifrado nessa equação verbal:

Não tenhas escrúpulos morais, receios de inteligência!...
Que escrúpulos ou receios tem a mecânica da vida?

Escreve o autor em sua rubrica inicial: "Quando dois vazios ocupam o mesmo espaço, a vida passa a ter completude. O salto mais alto para, ao menos, a busca da felicidade. É preciso mais para se permanecer vivo?"

Mas o salto alto, quando usado por um par de pés montados numa murada no alto de um prédio, pode tornar o salto ainda mais alto.

Ana Cristina Travassos é quase um protótipo da atriz moderna: trágica, vazia, praticamente sem cultura e cujo talento é medido pelo Ibope. E temos Ana Maria Paranhos, médica, num vazio semelhante, mas cujo talento e sucesso podem ser medidos pelos resultados concretos das curas que consegue. O embate parece até construído em cima de personagens recentes: a ciência *versus* as *fake news*. Mas *Salto alto* é anterior a isso.

As duas discutem e debocham e discutem o deboche, como nas tramas de Beckett.

Claro que, por traz disso, está o mesmo vazio, o mesmo desencanto e a mesma falta de rumo. Só que existe, nessa trama, uma terrível ansiedade latente, presente e onipotente, pois, como já havia nos advertido Fernando Pessoa, citado na introdução da peça, sentimos o "pavor do desconhecido" de Hamlet e, ao mesmo tempo, o amor gorduroso da vida vivenciado por Falstaff.

Luis Erlanger tem um pacto explícito com a morte. *Antes que eu morra*, seu primeiro romance (brilhante e inesquecível), nos mostra a luta contra o tempo e a convulsão do pensamento como distúrbio, como disfarce para amenizar a erosão provocada pelo tique taque do relógio e como uma tentativa de criar um subterfúgio pra que a noção do "tempo" seja mais elástica, menos brutalmente guilhotinesca.

Em seu segundo romance, *Cinza, carvão, fumaça*, a aceitação da mortalidade e da transformação da matéria em simples fóssil se dá através de uma viagem "em busca do tempo perdido", onde a figura do pai exerce o papel de Virgílio dessa *Divina Comédia*.

Com *Salto alto*, Erlanger fecha uma espécie de "trilogia da morte" não explícita. Aqui, pelo menos, as duas personagens discutem na real (e não através de metáforas) o pulo final para a morte.

Ufa! Parece deprimente. Mas não é. É divertido. Sim, é cômico; é tragicômico, como diria o personagem Trinculo, de *A Tempestade*, de Shakespeare, este que Pessoa não incluiu no seu tratado de opostos.

Assim como Didi e Estragon (em *Esperando Godot*), ou o Hamm e Clov (em *Fim de Jogo*), Erlanger usa a noção de duas protagonistas que se antagonizam. O atrito — e, portanto, o humor — consegue muitas vezes ser ainda mais corrosivo do que na tradicional composição de protagonista versus antagonista. Os bastiões dos valores maniqueístas continuam valendo aqui. Ao contrário, claro, daquilo que chamamos de "vida real" ou "realidade".

O suicídio, em si, caminha sobre essa linha tênue que separa a ficção da realidade e, aliás, o ato da *Selbstmord* não significa que tudo aquilo que o sujeito sente é necessariamente triste, deprimente, niilista. Não. Os detalhes que acompanham a preparação de um suicídio podem ser até cômicos. Eu que o diga.

Em janeiro de 2015, nos mesmos Alpes Suíços que Erlanger descreve em seu *Cinza, carvão, fumaça*, tentei me matar. Sim, eu morava lá. Minhas preocupações com como estaria vestido quando encontrassem o meu corpo, assim como a ideia de deixar os óculos em casa pra que sua possível quebra não estilhaçasse meus olhos me atormentavam mais do que a razão em si. Até o pensamento póstumo de como eu seria lembrado estava lá. Ou, como disse Woody Allen, "quando eu morrer, quero estar lá". Tudo isso passa pela cabeça.

Não é propriamente tristeza. Isso fica claro na peça de Erlanger. Posso dizer, com uma certa autoridade, que se sofre de um transbordamento de emoções. Mas estas estão calcadas inteiramente na ficção, no abstrato. É como quando uma sinfonia de Shostakovich nos leva às lágrimas compulsivas, mas o relato de um genocídio em Myanmar não o faz. É como quando as cores que vemos ao fecharmos os olhos são mais vivas do que aquelas que vemos no dia a dia. É como quando uma voz vem sozinha no escuro e lhe diz: "Você está sozinho no escuro, e o tempo... O seu tempo já passou e é irrecuperável". É como quando você reconhece todos os erros da história da humanidade que poderiam ter sido evitados, mas percebe que perdeu a potência e a bravura para tentar consertá-los.

É esse o tecido de Chaplin. É essa a nostalgia cômica vivida pelo Carlito. E é essa a brutal diferença entre "o pavor do desconhecido" que Hamlet sente e o "o amor gorduroso da vida" que Falstaff saboreia.

Impossível não sorrir quando Ana Cristina diz: "Mas já pensou a barca Rio-Niterói passando por uma penca de corpos? O metrô viveria parado. A companhia de gás entupida de emergências. Seria bom apenas para as fábricas de armas e para a indústria farmacêutica."

E Ana Maria responde: "Remédio: o que é vendido para salvar, é muito bom para matar. Morrer, para mim, é o remédio. Tenho uma ideia: se nós duas pulássemos de mãos dadas, seria tão raro que ficaria impossível não noticiar. Você topa?"

Você, leitor, topa?

Impossível não reconhecer nesse diálogo — à princípio simples — os caminhos perversos e subversivos que a mente fútil entretém para que o salto em si, o nó da forca em si, não se torne o ator principal quando o corpo for encontrado.

Gerald Thomas
Nova York, 2021

se te queres matar, por que no te queres matar?

Se te queres matar, por que não te queres matar?
Ah, aproveita! que eu, que tanto amo a morte e a vida,
Se ousasse matar-me, também me mataria...
Ah, se ousares, ousa!
De que te serve o quadro sucessivo das imagens externas
A que chamamos o mundo?

A cinematografia das horas representadas
Por actores de convenções e poses determinadas,
O circo policromo do nosso dinamismo sem fím?
De que te serve o teu mundo interior que desconheces?
Talvez, matando-te, o conheças finalmente...
Talvez, acabando, comeces...
E de qualquer forma, se te cansa seres,
Ah, cansa-te nobremente,
E não cantes, como eu, a vida por bebedeira,
Não saúdes como eu a morte em literatura!

(...)

Ah, pobre vaidade de carne e osso chamada homem.
Não vês que não tens importância absolutamente nenhuma?

És importante para ti, porque é a ti que te sentes.
És tudo para ti, porque para ti és o universo,
E o próprio universo e os outros
Satélites da tua subjectividade objectiva.
És importante para ti porque só tu és importante para ti.
E se és assim, ó mito, não serão os outros assim?

Tens, como Hamlet, o pavor do desconhecido?
Mas o que é conhecido? O que é que tu conheces,
Para que chames desconhecido a qualquer coisa em especial?

Tens, como Falstaff, o amor gorduroso da vida?
Se assim a amas materialmente, ama-a ainda mais materialmente,
Torna-te parte carnal da terra e das coisas!
Dispersa-te, sistema físico-químico
De células noturnamente conscientes
Pela nocturna consciência da inconsciência dos corpos,
Pelo grande cobertor não-cobrindo-nada das aparências,

Pela relva e a erva da proliferação dos seres,

Pela névoa atômica das coisas,

Pelas paredes turbilhonantes

Do vácuo dinâmico do mundo...

Álvaro de Campos, heterônimo de Fernando Pessoa.

salto
alto

A cena se passa num terraço em dois níveis de um prédio que deve parecer alto e em região movimentada.

Em destaque, no plano superior, uma grande antena com seus braços.

As beiradas são protegidas por grades tubulares. Há pequenas escadas sem corrimão para o primeiro e segundo níveis.

O fundo será composto por um painel para projeção do céu, nuvens, pássaros, avião, a transmissão ao vivo de personagem e digitalização e imagens relacionadas ao texto.

Lá chega a atriz desempregada Ana Cristina Travassos, decidida a suicidar-se atirando-se lá do alto.

Quando está para saltar, aparece pelo outro lado a dermatologista Ana Maria Paranhos, com o mesmo propósito. É um impasse...

A partir daí as duas discutem suas trajetórias e angústias que as levaram ao alto do mesmo edifício.

Existe um salto ainda mais alto para, ao menos, a busca da felicidade possível?

É preciso mais do que essa busca para permanecer vivo?

personagens

Ana Cristina Travassos

Atriz; passou dos trinta. Muito bonita, já foi capa de "revista para homens". Três filhos em quatro casamentos curtos e a partir dos 18 anos. Acaba de terminar o último casamento, sem filhos. Esteve entre as protagonistas de vinte novelas em horário nobre, mais do que a idade, seu gênio encrenqueiro e de estrela que acabou inviabilizando sua ainda mais longa carreira na TV. Na adolescência, cometeu uma tentava de suicídio. Já esteve internada. Como artista, estudou muito a questão do suicídio para que sua performance fosse digna de um Oscar. Ela estará vestida o mais parecido possível com Evelyn McHale, protagonista de um dos suicídios mais famosos do mundo. Sua queixa é a perda de sentido na vida, mas tem o grande trauma de um suposto assédio sexual pelo pai.

Ana Maria Paranhos

Dermatologista bem-sucedida. Da mesma idade da companheira de aventura. Igualmente bela e em forma. Nunca se casou, nem teve filhos. Não é depressiva, só tem o tal vazio interior. Nem a realização profissional supriu essa lacuna. Têm registros de várias tentativas de suicídio desde os dez anos de idade. Teve anorexia. Vive à base de tarja preta.

(Ana Cristina sobe, pela lateral, para o terraço do prédio comercial em um bairro chique. Percorre o primeiro plano, observando ângulos e altura. Nota o segundo plano, onde fica a antena, e o sobe, por ser o ponto mais alto. Conclui que, se pular de lá, cairá no primeiro plano. Desce, irritada.

Depois de um momento de reflexão, pega um celular da bolsa, tira os sapatos de salto alto Christian Louboutin e os arruma cuidadosamente na mureta. Começa a transmissão, que deve ser projetada no telão do fundo.)

ANA CRISTINA Que droga de cidade. Nem colado numa antena desse tamanho o celular pega direito. Minha vida tem sido isto: buscar sinal... Ah, foi...

(Tecla e começa a transmissão.)

Oi! Nunca entrei ao vivo, mas é um momento decisivo na minha "vida" e, como sempre fui vista pelos olhos da ficção, quero que todos dividam comigo o grande momento real da minha existência...

(Ana Maria chega no terraço pelo lado oposto àquele usado por Ana Cristina, que toma um susto e deixa o celular cair das mãos, do prédio para o chão. As duas observam, juntas, a queda do aparelho. Ana Cristina empurra Ana Maria.)

ANA CRISTINA Porra, sua maluca! O que você veio fazer aqui, caralho?

ANA MARIA Vai se ferrar! Isto aqui é um lugar público, desde quando alguém tem monopólio de terraço de prédio de shopping? Você é dona do imóvel?

ANA CRISTINA Desculpa, tem razão. É que eu estava numa situação muito delicada, me preparei muito para este momento e tomei um susto. Quebrou um clima que já é barra pesada.

ANA MARIA Me desculpe, também. Como poderia imaginar que haveria outra pessoa aqui? Lamento pelo seu celular. Posso te dar outro.

ANA CRISTINA Não vou precisar mais dessa droga. Até tenho outro. Deixa para lá. Agora, numa boa: o que você veio fazer aqui em cima?

ANA MARIA E desde quando eu devo satisfação para uma desconhecida?

ANA CRISTINA Ha! Ha! Ha! Nem precisa, já sei...

ANA MARIA Sabe nada... Eu entrei numa de ver a paisagem...

Ana Cristina Ah! Tá bom. Burlar a vigilância, pegar a única escadinha sem câmera, encarar esta quentura, para, num fim de tarde nublado, esperar o pôr do sol, que não pode ser visto deste ângulo da cidade... A madame veio foi se matar! Se jogar daqui de cima, feito uma jaca podre.

Como é que você adivinhou? **Ana Maria**

Ana Cristina Eu costumo vir aqui para soltar pipa e toda hora aparece uma pirada para fazer o teatro de que vai se matar.

ANA MARIA

Ok, já disse que não lhe devo satisfação. Mas não me incomodo de admitir: saí do salão do cabeleireiro no saguão e, num ímpeto, subi mesmo para me matar. O que você tem com isso?

ANA CRISTINA

Ué, nada. Mas *(Examinando o penteado da outra)* o corte não ficou tão ruim assim.

ANA MARIA

Há anos que estou me lixando para deboche, ainda mais no estado de espírito em que ando. E a senhora, subiu 24 andares para fazer *selfie*?

ANA CRISTINA Eu também assumo, sem problema algum: vim mesmo me matar. Só que você ferrou com tudo, acabou com o astral. Tanto tempo para tomar a decisão, tomei coragem e essa confusão, agora.

ANA MARIA Não estou acreditando... Tantos edifícios e duas loucas se encontram no topo de um, na mesma hora, para saltarem para a morte.

ANA CRISTINA Louca, só se for você. Nunca estive tão lúcida! Que coincidência. Se alguém escreve isso como roteiro, as pessoas vão dizer: só mesmo em ficção, impossível. Ah, eu que acreditei que "a arte redime" ... Bobagem. Aliás, não está me reconhecendo?

Deveria? É alguma dessas celebridades? Do círculo a que eu atendo é que não é. — ANA MARIA

ANA CRISTINA Você é o quê?

Dermatologista, e do primeiro time. Atendo muita gente importante. — ANA MARIA

ANA CRISTINA Hmmm, que interessante. Ganha a vida espremendo espinha de bacana.

Já disse que sou imune a deboche. Mas você não deveria menosprezar a minha profissão. Ainda mais porque está mesmo precisando de uma boa dermato... E, barata descascada desse jeito, branquela assim, bem provável que essas manchas *(Examinando)* sejam câncer de pele. — ANA MARIA

ANA CRISTINA E você acha que quem está prestes a pular daqui vai lá se preocupar com câncer de pele, nesta altura — e põe altura! — do campeonato? Não vai nem constar no laudo da perícia... Numa boa, perguntei se sabia quem eu era, quem eu sou, nem é por orgulho, porque o meu ficou no poço do elevador. Estou é chocada com a sua alienação em não me reconhecer.

ANA MARIA Eu passo a vida no consultório. Meu único prazer cultural, quando não é o trabalho científico, é a literatura. Nem no salão fico folheando revistas de fofoca. Televisão, só para filme. Estrangeiro. Só saberia de você amanhã, ao ler os jornais.

Ana Cristina

O pior — ou melhor, nem sei mais — é que talvez nem vire notícia.

Ana Maria

Uma mulher pirada pula de um prédio numa região badalada dessas e não vão noticiar?

Ana Cristina

Primeiro, o "pirada" fica então valendo para as duas. Segundo, você já está dando pinta de que vai ficar só assistindo. E, terceiro, um amigo meu, jornalista, já me contou: suicídio é tabu na imprensa.

Ana Maria

Como assim?

ANA CRISTINA Através dos tempos, eles sacaram que noticiar suicídio estimula suicídio. Sai a notícia de que um cara se atirou da ponte Rio-Niterói e no dia seguinte eles têm que distribuir senha e organizar fila. Vira um lance atraente, estimula mesmo, o cara sabe que viveu na insignificância e que vai virar notícia com a sua morte. Babaquice. Quem toma essa decisão com a minha consciência está se lixando para o dia seguinte. Aliás, nem tem dia seguinte. Estou aqui justamente porque não quero um dia seguinte.

ANA MARIA Mas você estava gravando alguma coisa no seu celular... De novo, desculpa, amiga.

Ana Cristina Não esquenta, tenho outro ali na bolsa. A minha transmissão era na categoria pessoa jurídica, "*grand finale*": o maior exemplo de que a vida imita a arte. A galera iria até ficar em dúvida

Ana Maria Idiotice isso de esconderem suicídio, não acha? Quem quer se matar para valer, se mata sem promoção. E o que a mídia tem a ver com isso? Suicídio em massa, como com as baleias, podia até melhorar o mundo, varrendo as almas pesadas. Das baleias, eu tenho pena.

Ana Cristina Mas já pensou a barca Rio-Niterói passando por uma penca de corpos? O metrô viveria parado. A companhia de gás, entupida de emergências. Seria bom apenas para as fábricas de armas e para a indústria farmacêutica.

Ana Maria Remédio: o que é vendido para salvar, é muito bom para matar. Morrer, para mim, é o remédio. Tenho uma ideia: se nós duas pulássemos de mãos dadas, seria tão raro que ficaria impossível não noticiar. Você topa?

Ana Cristina Ué, topo...

(As duas passam para o outro lado do gradil. Ficam de mãos dadas.)

ANA MARIA
O que acontece agora?

ANA CRISTINA
Eu havia planejado um ato solitário. Um ritual bem pensado. Estudei muito o suicídio antes de tomar a decisão. Quero que o meu seja um exemplar de dignidade. Talvez agora a gente possa contar decrescente, de dez até um, e vamos.

ANA MARIA
Mas a gente pula no um ou em seguida, tipo ponto zero?

ANA CRISTINA
Vamos no um logo. Aliás, vamos reduzir a contagem a partir do cinco. Dez dá muito tempo para pensar.

ANA MARIA
Então você não tem certeza?

(Ana Cristina volta para o outro lado do gradil. Ana Maria titubeia um pouco, e também vai retornando para o lado seguro. Quase escorrega. Ana Cristina a segura e ajuda a trazê-la de volta.)

Você devia ter me deixado ir! ANA MARIA

ANA CRISTINA Então volta e pula, droga. Não sou sua dona, nem amigas somos, não sei por que isto está virando uma decisão coletiva. Nem devemos ter as mesmas motivações.

Eu apenas perguntei sobre ter certeza e você vacilou. ANA MARIA

ANA CRISTINA Vacilei o cacete. Eu estava na minha, resolvendo do meu jeito. Não queria público, nem cúmplice. Você não sabe mesmo quem eu sou?

Ex-BBB? ANA MARIA

ANA CRISTINA Caramba! Ana Cristina Travassos, vulgo Krica Travassos. Vinte novelas, cinco filmes, não sei quantos especiais. Já apresentei programa, fiz muito teatro. Como foi um trabalho artístico elogiadíssimo, vou incluir no currículo: capa de uma das edições da Playboy mais vendidas da história.

Não costumo ler a Playboy... **ANA MARIA**

ANA CRISTINA E, pelo visto, passou a vida trancada, espremendo espinhas, nos últimos vinte anos.

Ok, grande estrela da cultura brasileira! E o que faz este ícone da dramaturgia nacional querer se estabacar do alto de um prédio? **ANA MARIA**

(Ana Cristina começa um choro convulsivo. Como demora a passar, Ana Maria vai confortá-la, pegando, antes, um lenço na bolsa, que ficara no segundo estágio do terraço.)

ANA MARIA

Desculpa, eu sei como é a situação. Vai, enxuga aqui. *(Pega a maquiagem e retoca o rosto de Ana Cristina.)* Este creme é um espetáculo para olheiras.

ANA CRISTINA

Tudo bem, mas foda-se, nem sei por que chorei; deve ter sido o vento. Que diferença vai fazer quando eu me espatifar lá embaixo? Se bem que, se tudo correr direito, minha morte vai ser a encenação real do que é considerado o suicídio mais lindo da História...

ANA MARIA

Como assim?

(Ana Cristina pega o outro celular na bolsa, também no estágio superior. Busca no arquivo e mostra a foto do suicídio de Evelyn McHale. Assemelha-se a um ensaio fotográfico de moda: a moça parece estar posando na capota afundada de uma limusine, chique, o rosto belo está intacto e sereno. Ela usa luvas, a mão repousa sobre o peito na altura do coração, as pernas estão cruzadas, classuda.)

ANA MARIA

Nossa! Que lindo! Que classudo! Parece até de verdade.

ANA CRISTINA

Parece? É verdadeiro, minha querida. Primeiro de maio de 1947, Evelyn McHale, que cometeu suicídio pulando da plataforma de observação do 86º andar do Empire State Building, em Nova York.

ANA MARIA

Meu Deus! Impressionante. Você certamente sabe a altura.

ANA CRISTINA Exatos 170 metros.

Daqui tem quantos? ANA MARIA

ANA CRISTINA Uns três metros por andar... Vinte e quatro andares, mais o terraço, vamos deixar por uns setenta metros. Dá para o gasto.

Eu conheço o caso de uma moça que pulou do quinto andar, acabou batendo num toldo, amorteceu a queda. Coitada: se quebrou toda, perdeu o baço, ficou com o rosto desfigurado. Passou a viver com essas sequelas e a vergonha. Fracassar em suicídio é o fracasso dentro do fracasso. ANA MARIA

Ana Cristina Por isso estou aqui. Não tem erro. Ser mais baixo é até melhor, aumenta a chance de eu conseguir repetir a Evelyn McHale.

Ana Maria Parece uma montagem mesmo. Rosto sereno. Dá a impressão de que está segurando o colar. Incrível; gente passando, calçada, foi cair no teto de um carro. Estou chocada!

Ana Cristina Chocante é a sua expressão absolutamente adequada. Por não ser chocante. Aí é assustadoramente chocante, porque ficou atraente. Só que o que era para ter se transformado numa imagem horrível, repugnante mesmo, virou um espetáculo de placidez, beleza e elegância.

Ana Maria Está parecendo que ela até era bonita.

ANA CRISTINA (*Mostrando a foto no celular*) Era fofinha, com esse nariz de batata. Mas, com certeza, ficou mais bonita quando virou cadáver.

Cruzes, que horror! ANA MARIA

ANA CRISTINA Eu até vou tentar, mas a probabilidade de me transformar numa massa disforme é bem grande. Dá uma olhada aqui. *(Chega no parapeito dos fundos e aponta.)* Está vendo aquela limusine preta, estacionada bem aqui embaixo? Aluguei. O motorista está lá dentro me esperando, não tem noção do que vai acontecer. Eu queria fazer igualzinho, afundar na capota, só que...

Numa garagem interna, não vai ser visto. E vão logo isolar a área. ANA MARIA

ANA CRISTINA É isso mesmo. É pouco provável que alguém veja a queda. Um corpo despencando do alto pode chegar a trezentos quilômetros por hora...

ANA MARIA Quase Rio-São Paulo em uma hora.

ANA CRISTINA Sem tíquete de volta. Mas eu pensei: uma atriz como eu não vai sair de cena pelas portas dos fundos de um estacionamento interno de shopping. Vou me atirar é mesmo em direção à entrada. Só falta um tapete vermelho.

ANA MARIA Daqui dá para ver o mar. Lindo. E assustador. Sempre achei que as ondas vêm me chamar. Um convite repetido, me chamando para mergulhar na imensidão. Vem, Ana Maria... Vamos, Ana Maria... Como não dá para mergulhar no oceano deste lado, é melhor mesmo usar a entrada social.

Ana Cristina Não acredito: outra Ana! Duas Anas. Entre milhões de mulheres, milhares de prédios, duas Anas se encontram num mesmo terraço para se matar! Então você também se chama Ana!

Na verdade, eu me chamo Anamaria, virou um nome só. Aliás, doutoranamaria. **Ana Maria**

Ana Cristina Vai ficar ótimo se eu te chamar de Ana. Eu vou, enfim, poder falar na terceira pessoa. Finalmente vou poder falar alto comigo mesma, me chamando, sem parecer louca.

Você se preocupa em parecer louca, Ana? **Ana Maria**

Ana Cristina Ana, se eu me preocupasse com o que os outros pensam, não estaria aqui.

Depende, né, Ana? Você pode estar aqui pelo que os outros pensam sobre a Ana. **Ana Maria**

Ana Cristina Papo cabeça... Não é tão simples assim, Ana. Podemos estar aqui pelo o que pensamos que os outros pensam sobre Ana. Só que, ao menos para mim, tudo o que quero é parar de pensar.

Ana Maria

Tem razão: pensar dói muito. Dói e machuca.

Ana Cristina

Por isso eu invejo os ignorantes. Não é sacanagem ou preconceito, ao contrário. Quanto menos material circulando pela mente, menos complicado. A gente vai juntando conteúdo e, em vez de ajudar, o fardo vai ficando mais pesado. O Millôr, acho, dizia: "livre pensar é só pensar". A liberdade plena está no não pensar.

Ana Maria

"A liberdade plena está no não pensar". Taí: gostei. Essa é de quem?

ANA CRISTINA Ué, minha! Acabei de pensar. Acha que atriz só funciona com o texto dos outros? Tem quem pense!

Bom, meu único pensamento agora é para a gente não detonar um pedestre inocente. Eu adoraria poder escolher sobre quem vou arrebentar. O problema é que a maior parte do público-alvo, e bota alvo nisso, circula por Brasília. E em carros oficiais, que devem ser blindados. **ANA MARIA**

Ana Cristina Meu medo é cair em cima do ônibus da Linha Leme-Vidigal e seguir num patético e macabro cortejo fúnebre até a favela. Por isso, vou embalar para tentar acertar aquela árvore.

Boa! É uma amendoeira? **Ana Maria**

Ana Cristina E eu sei lá? Virei especialista em suicídio. Não tenho interesse por botânica.

Presa entre os galhos de uma árvore também pode **Ana Maria** ficar show. Um outro simbolismo... É torcer para que, além da galera do Iphone, apareça um bom fotógrafo, com uma máquina fotográfica boa.

Ana Cristina Olha o que é a vida, ou a morte, sei lá. Nem foi fotógrafo profissional. Um estudante de fotografia, olha a coincidência, passou quatro minutos depois da queda e fez esse registro. Uma das fotos mais emblemáticas de suicídio da História. A tal ponto que foi publicada com destaque pela revista Life, voltada para o glamour, que nunca publicava cenas policiais ou mortes. E o público achou o máximo. O Andy Warhol, artista...

Ana Maria Não sou tão inculta assim. É o pintor que transformou lata de sopa em arte cara.

ANA CRISTINA Ok, digamos isto: o Warhol fez uma série linda baseada na foto. Já o fotógrafo, nunca mais fez um retrato relevante. É a força do que chamam de instantâneo. Haja instante tão eterno como nessa fotografia. A vida passa. A morte é que é eterna. E a mocinha conseguiu transformar a feiura da morte em algo tão bonito.

Qual era a idade dela? Deixou alguma explicação? ANA MARIA

ANA CRISTINA Apenas 23 anos.

Pecado, coitada. ANA MARIA

Ana Cristina Coitada, por quê? Não vamos seguir a mesma trilha? Coitada é que não sou. Digna de pena é a vida que eu levo. A sua também deve ser uma merda, ou não estaria aqui.

Ana Maria Maneira de falar, né? Nossa! Essa imagem só aumenta minha vontade de pular. Nenhum arranhão no rosto, que reflete a paz de um sono tranquilo.

ANA CRISTINA Como disse, como boa atriz, venho estudando o tema. Ela nasceu na Califórnia, tinha oito irmãos, classe média, bem de vida. Quando os pais se separaram, sei lá por que, o pai, que também morou em Washington, ficou com a custódia dos filhos e todos foram para Nova York.

ANA MARIA Hmmmm. Aposto que o problema foi com a mãe.

ANA CRISTINA Que preconceito, achar sempre que mãe estraga filho. Meu exemplo é justamente o contrário. Se bem que...

ANA MARIA Jovem assim, ela deve ter tido algum desgosto amoroso. Naquela época se matava por paixão.

ANA CRISTINA Nada! Já tinha um bom emprego quando arrumou um ótimo namorado, que morava na Pensilvânia. Viraram noivos. Na véspera, foi de trem visitá-lo e o cara simplesmente formalizou o pedido de casamento e ela aceitou. Felicidade geral. Ela sai da casa do noivo, volta para Nova York, segue da estação direto para o Empire State Building, de onde saltou do observatório do 86º andar...

Puta que pariu! Quase quatro vezes mais alto do que aqui. **ANA MARIA**

ANA CRISTINA E olhe que o telhado do Empire fica numa altura de 381 metros. Com a sua torre de antena incluída, chega a 443 metros de altura, quase meio quilômetro. Mas fique tranquila: é um dos raros casos em que tamanho não faz diferença. Claro, a partir do décimo andar. Com a velocidade da queda, a pessoa apaga rapidinho.

Como você sabe? Já pulou? **ANA MARIA**

ANA CRISTINA Estou falando com a pessoa que me impediu de pular. Mais uma vez, venho estudando a arte do suicídio. É como queda de avião, os passageiros desmaiam bem antes de se esborracharem no solo.

O noivo da suicida do Empire State não percebeu nada estranho? **ANA MARIA**

ANA CRISTINA Segundo eu li, nas entrevistas que deu, ele disse que não só não notou nada, como achou que Evelyn tinha ficado radiante com a formalização do pedido e a proximidade do casamento. A polícia achou uma nota de suicídio numa agenda preta ao lado do seu casaco, cuidadosamente dobrado na mureta da plataforma de observação. Aliás, já que você esculhambou com a cena, vou tirar o casaco, que estou morrendo de calor.

ANA MARIA Hmm, agora entendo o figurino. Entrou mesmo no personagem, não é assim que vocês dizem? Então, no bilhete tinha uma explicação, embora a gente saiba que o que nos move é meio inexplicável. Se fosse possível explicar, não acontecia.

ANA CRISTINA A nota dizia: "Eu não quero que ninguém, de dentro ou de fora da minha família, veja qualquer parte de mim. Você pode destruir meu corpo por cremação? Peço a você e à minha família: não façam qualquer cerimônia para mim ou tenham lembranças de mim. Meu noivo me pediu para casar com ele em junho. Não acho que daria uma boa esposa para ninguém. Ele ficará muito melhor sem mim. Diga ao meu pai que eu tenho muitas das tendências de minha mãe."

ANA MARIA Não dá nem para entender a quem ela se dirige. Dá recado para o pai e para o noivo. Escreveu para quem? A polícia? A humanidade em geral? Mas não falei que o rolo era com a mãe?

Ana Cristina Que saco! Assim pulo logo, porque esta conversa está ficando insuportável.

Ana Maria Não vem com história. Só chegamos a este ponto quando a gente não SE suporta. O estranho na foto é que, com toda elegância, ela está sem os sapatos.

Ana Cristina Boa observação. Esse detalhe não descobri: se os sapatos pararam longe ou se ela tirou antes. Não sei por que suicida sempre tira os sapatos. Já falei com amigos meus, psicanalistas, mas não arrumei uma explicação convincente. Na dúvida, tirei os meus Louboutin...

ANA MARIA

Nossa, agora que reparei. Que lindos. Sempre quis ter. Você sabe onde vende no Rio?

ANA CRISTINA

Minha filha, você pretende ir às compras depois de pular aqui do shopping? Melhor passar lá embaixo antes. Tem liquidação. Aliás, com essa crise, o comércio todo está liquidado.

Ana Maria É mesmo, a situação ficou um pouco confusa. Como posso pensar em sapatos? Mas, se estamos falando em luxo, por que você não foi para o Empire State? Falta de grana?

Ana Cristina E eu não pensei nisso? Bilhete só de ida para Nova York era moleza, dividia em prestações, só pagava a primeira... O lance é que, depois da Evelyn...

Ana Maria Você fala como se fossem amigas íntimas.

ANA CRISTINA Ela é mesmo a melhor amiga íntima que não tive. Enfim, depois dela, botaram uns gradis de proteção, tipo aparadores. O máximo que quem pular vai conseguir é dar uma cambalhota ridícula dois metros abaixo. O maior estrago que se consegue é um torcicolo. Ou deslocar o tornozelo.

ANA MARIA Eu já amava o edifício, tenho fotos de viagem lá. Ainda mais com essa história, tudo que eu queria agora era o Empire State. Vou te confessar: claro que fiquei com pena das pessoas que morreram no Onze de Setembro. Mas eu tinha uma raiva das Torres Gêmeas... Elas ofuscaram o Empire State. Sempre me fantasiei lá em cima, carregada pelo King Kong. Pular de lá seria tudo. Me despedir do mundo no ponto mais alto de Manhattan...

ANA CRISTINA E eu que sou a atriz aqui...

ANA MARIA Eu não planejei, assim, como você; vim direto do salão. Nada contra Ipanema, mas por que não outro lugar, mais charmoso? A Torre Eiffel!

ANA CRISTINA E não era a minha segunda opção? Primeiro, vamos ao cardápio: selecionei os pontos mais escolhidos. *(Mostra para a outra no celular, com projeção simultânea no telão.)* Em primeiro lugar, tinha que ser na China: a ponte sobre o Rio Najing Yangtze, em Nanquim. Seis quilômetros de comprimento, é o maior trampolim para a morte do mundo! Só registrados, tem mais de dois mil suicídios. Tem um velhinho que passa o dia lá, de binóculos, de olho em comportamentos suspeitos. Ele diz que, nos últimos trinta anos, impediu 160 mortes. Que maneira de passar a vida!

Ana Maria Aí é demais. Só falta ter que pegar senha. Ir para o outro lado do mundo para nem aparecer em estatística.

Ana Cristina E ter que sair na porrada com um velhinho chinês. Ou arrastar ele junto. Claro que descartei. Em segundo lugar, vem o Monte Mihara. É um vulcão em atividade numa ilha no Japão. Tem o seu charme. Foi lá que prenderam o Godzilla!

Ana Maria Deve ter ficado passado...

ANA CRISTINA As autoridades japonesas calculam mais de mil pessoas que pularam paras as lavas quentérrimas, temperatura média de mil e duzentos graus. Excluí por dois quesitos: acabaram fechando a plataforma de observação, o local ideal; e vi que a pessoa derrete instantaneamente ainda no ar. Ninguém vai ter prova de que você morreu. Vão achar que sumiu. Vai sumir, mas é literal demais. E, como você já reparou pela minha pele branca, não sou chegada a um bronze.

ANA MARIA Tem o seu charme ser realmente pulverizada. Mas preferia que o vulcão estivesse em erupção, você jorrando para os céus feito lava incandescente. Próximo?

ANA CRISTINA Este é datado: Ponte Golden Gate, Rio São Francisco, Califórnia.

ANA MARIA Tem razão. *Old fashion*, década de sessenta.

Ana Cristina Ficou tão banal que a polícia nem contabiliza. Perderam a conta. No top dez vem outra carta marcada, também nos EUA: *Niagara Falls*. São uns cinquenta por ano. Não só acho brega, como a pessoa nem deve morrer na queda. Deve ser por afogamento. Deve ser aflitivo, sem contar que fico sem saber qual roupa deveria usar. De banho? Biquíni? Maiô? Não vou me produzir toda para pescarem meu corpo toda encharcada.

Ana Maria Com o Trump, esse número deve aumentar. Ele deve até fazer campanha para imigrantes ilegais seguirem o exemplo. Seguinte...

ANA CRISTINA The Gap: é um desfiladeiro gigante na Austrália, considerado um dos cenários mais bonitos do mundo. Só que morrem dezenas de aventureiros, sem querer, todo ano. O pessoal sobe apenas para curtir o visual e rola pedreira abaixo. Você investe para dar cabo à própria vida de forma espetacular e vai ser contabilizado como acidente? Sem sentido.

Hmmm. Eu não conheço a Austrália. Dizem que é muito linda. ANA MARIA

ANA CRISTINA Quer um roteiro de turismo ou um *point* para se matar?

Desculpe. Nunca vi um coala, acho fofo. Quem é o coroa? ANA MARIA

Ana Cristina É o guardião, chefe de um grupo de samaritanos, que passa o dia percorrendo os penhascos, só para atrapalhar o programa dos outros. Deve ser mais difícil de encarar do que o velho chinês. Se é que esse jurássico Bruce Lee também já não cansou e deu um salto acrobático para o além. Sigamos: Penhascos de Beachy Head, sul da Inglaterra.

Ana Maria Nem precisa desqualificar: totalmente sem charme. Como a culinária inglesa e suas tortas de batata. Se ainda fosse a London Bridge...

Ana Cristina A London Bridge nem aparece entre as mais-mais.

Ana Maria Que dificuldade juntar praticidade e charme, caramba!

Ana Cristina Aí vem a Ponte de Nusle, na República Tcheca. Não vamos nem perder tempo. Parece um viaduto suburbano e só tem 45 metros. Sem graciosidade. Esquece. No ranking, vem o metrô de Londres... *Underground*, um paradeiro que já vem com a piada pronta...

Ana Maria Nem me fale. Se for para pular na frente de um trem de metrô, não precisa viajar. Deve ser escolha de londrino mesmo. Indo ou voltando para casa, bateu a ideia e pimba! Sem contar que acho uma sacanagem atrapalhar o transporte dos trabalhadores, cansados, voltando para casa. Não é para sentir pena da gente, mas também não é para provocar raiva. Se for para fazer uma merda dessas, eu preferia logo a Estação da Glória. No mínimo, vai ser "na Glória".

ANA CRISTINA Tá bom... Desculpe, já disse, se sua morte justificar sair no jornal... Talvez com a cagada na circulação do metrô. Bem, enfim, entre os destinos para o fim do destino, surge a majestosa Torre Eiffel. *(Mostra as primeiras duas fotos.)*

ANA MARIA *(Vendo a foto diurna)* — Prefiro de dia! *(Vendo a foto noturna.)* Prefiro de noite!

ANA CRISTINA *(Mostrando a foto com a visão de uma mulher que vai pular)* — Olha que viagem...

(Passa para o lado de fora da grade e começa a cantar) ANA MARIA

"Non, rien de rien
Non, je ne regrette rien
Ni le bien qu'on m'a fait
Ni le mal — tout ça m'est bien égal!"

ANA CRISTINA "Non, rien de rien
Non, je ne regrette rien
C'est payé, balayé, oublié
Je me fous du passé!"

"Non, rien de rien
Non, je ne regrette rien
Car ma vie, car mes joies
Aujourd'hui, ça commence avec toi!" ANA CRISTINA ANA MARIA

(Se beijam, e, desconcertadas, voltam para o outro lado do gradil.)

ANA MARIA

(Sem graça) – *Merveilleux*! Então por que não lá?

ANA CRISTINA

É o *crème de la crème*. Por isso, minha cara, depois de anos de saltos ornamentais macabros, passou a ser um dos monumentos mais vigiados do mundo e cheio de telas de proteção. Claro que nada é impossível. Em 2012, um britânico, imagina, escalou a torre por fora e, quando chegou ao terceiro andar, já com a polícia chegando, fez o "salto do anjo", o pulo no vazio com os braços abertos. Ficou ainda muito mais difícil. Noutro dia fizeram um resgate com helicóptero. Agora, tenho que registrar que, em 2009, uma garota brasileira de 18 anos conseguiu se jogar da Eiffel.

ANA MARIA

Brasil!!!

ANA CRISTINA Sei, mas foi de cinquenta metros, e ainda caiu no teto do restaurante, levando pânico aos clientes, que acharam que era atentado. Ok, se matou pulando da Torre Eiffel, mas fez a maior lambança e nem divulgaram o nome dela. *Demie bombée*. Meia bomba...

ANA MARIA Mas não deixou de ser uma bomba. Aliás, uma bomba de café do Fauchon agora, tipo última refeição... Ana, por que você fez a opção por pular, com tantas outras soluções mais simples?

ANA CRISTINA É óóóóbvio que eu avaliei as outras possibilidades. Eu poderia dizer que não tenho que te dar satisfação, mas, como acho que já rolou um certo companheirismo, vamos lá. Serei breve, os métodos são inesgotáveis. Tem gente que se mata até batendo com a cabeça no poste.

Como assim, sem querer? **ANA MARIA**

ANA CRISTINA Nada! O cara vai dando porrada com a testa até estourar os miolos.

Nem pensar. **ANA MARIA**

ANA CRISTINA Quando chega nesse ponto, não se está mais pensando em nada. Bom, uma das maneiras mais comuns é o enforcamento. Tem gente que se pendura com o cinto no cabideiro, dentro do armário de roupa.

Ana Maria

Ninguém vai me achar com a língua de fora. Sem contar que não há a menor chance de eu desarrumar as minhas roupas. Meu *closet* parece vitrine de loja.

Ana Cristina

E, sem a menor insinuação, sempre há o risco de o pendurador desabar com o peso...

Ana Maria

(Comparando os corpos) — Pois fique a senhora sabendo...

Ana Cristina Prosseguindo: cortar os pulsos.

Na época da anorexia, eu me arranhava nas pernas. **Ana Maria**

Ana Cristina Frescura, né, Ana? Estou falando aqui em se esvair em sangue. E este é o problema: não posso ver sangue. Ainda mais o meu...

Também passo! **Ana Maria**

Ana Cristina Tomar doses cavalares de remédio.

Eu já tentei... **Ana Maria**

ANA CRISTINA — Então você é um exemplo vivo de que a pessoa se entope e continua viva!

ANA MARIA — O pessoal tem mania de salvar os outros, saco!

ANA CRISTINA — Se bem que surgiu uma novidade *(Mostrando no celular)*: o NATRIUM--PENTOBARBITAL. Acredita que a Alemanha acaba de liberar o uso para "suicídios assistidos"? Um comprimido e é tiro e queda, digamos.

ANA MARIA — Como dermatologista, vai ser difícil eu passar uma receita...

ANA CRISTINA Moleza. Uma vez liberado, vai ser fácil descolar no mercado negro.

A Marilyn Monroe foi com remédio. ANA MARIA

ANA CRISTINA Muito confuso. Parece que ela tomou quarenta comprimidos de sonífero. Mas não havia copo no quarto. Engoliu quarenta comprimidos a seco? Mas a cena devia ser linda: estava nua, de bruços sobre a cama, recostada num travesseiro e sob um lençol.

Quando perguntaram o que ela vestia para dormir, ela respondeu: "Apenas duas gotinhas de Chanel número cinco". ANA MARIA

ANA CRISTINA Eu acho a Marilyn o máximo, até por isso fui checar. Quando a polícia chegou, ainda rodava um disco do Frank Sinatra na vitrola.

Ela teve caso com ele também? ANA MARIA

ANA CRISTINA E eu sei lá? Só fui checar a morte dela. Mas deve ter tido, a moça pegava geral. Não gostei da aparência dela morta; ficou muito envelhecida.

Eu sempre achei que ela se matou justamente por estar envelhecendo e não saber administrar a perda da beleza. ANA MARIA

Ana Cristina Um ponto fundamental é a despedida. A Marilyn foi mal nesse item. O bilhete é confuso, nem assume o que está fazendo. Há dúvida até hoje se foi para valer. Tem que ser algo altivo, sem busca de compaixão ou destilando culpas. Na peça *É*, do Millôr Fernandes, ele de novo, um cara se mata. Deixa escrito em um bilhete apenas "É...". Perfeito. Não diz nada, diz tudo. Uma das personagens até comenta: "Eu detesto suicidas. Sobretudo suicidas intelectuais. Querem botar a culpa no mundo. Querem se vingar de sua impotência diante da realidade. Morrem espalhando fel."

Ana Maria Sei quem foi Millôr, mas não conheço a obra dele. Li uma reportagem que dizia que ele foi o inventor do frescobol. Não precisava ter feito mais nada na vida. Ele também se matou?

Ana Cristina Não, anta!

Ana Maria

Vamos ao que interessa: o personagem dele se mata por que motivo e como?

Ana Cristina

Pelo motivo mais fútil: amor. E com gás, coisa antiga. A peça tem quarenta anos.

Ana Maria

Eu cheguei a pensar em gás. A gente usa para apagar os pacientes nas operações leves, mas concluí que tinha que ser um método que não me desse chance de arrependimento depois de iniciado o processo. O cheiro é muito enjoativo. Eca!

ANA CRISTINA Descartadas as hipóteses acima, tem uma possibilidade que também me atrai muito. Acho ainda mais radical do que pular de prédio.

Não consigo imaginar. ANA MARIA

ANA CRISTINA Tiro, minha cara. Tiro. Na cara ou no coração. Como o Kurt Cobain, que enfiou o cano da espingarda na boca e estourou o cérebro até a tampa...

Ana Maria Nunca entendi como ele conseguiu puxar o gatilho *(gesticula, mostrando a dificuldade).*

Ana Cristina Muito simples: com o dedão do pé. *(Mostra o gesto e canta)* "Come as you are, as you were, as I want you to be."

Ana Maria Eu era louca por ele. Que desperdício!

ANA CRISTINA Não te entendo, nós também não vamos nos desperdiçar numa boa? Agora, o top de morte à bala é do Getúlio Vargas. O pijama que ele usou era esquisito mas a frase "Sair da vida para entrar na História" é tudo. É o melhor bilhete *ever*. E o revólver, que lindo, um colt calibre 32, cabo de madrepérola.

Eu adoro armas. ANA MARIA

ANA CRISTINA Então eu tenho uma surpresa para você. Já que o meu roteiro já foi para o brejo, que tal partirmos para o improviso? *(Tira da bolsa um revólver parecido com o que Getúlio usou)*. Olha que lindeza...

Como assim, Ana? ANA MARIA

ANA CRISTINA (*Encosta o revólver na testa da outra*) — Então, para não ter vacilo: eu estouro seus miolos, depois tenho ainda maior motivação para pular. Que tal?

ANA MARIA Ei, ei, calma. Não estava preparada para morrer assim. Espera.

ANA CRISTINA Ué, tem coragem de se matar e está fraquejando quando alguém pode fazer o serviço para você? O pessoal não vai entender nada. Eu mato uma desconhecida e me suicido. Vão inventar versões mirabolantes. Amor impossível entre duas mulheres. Posso puxar o gatilho?

ANA MARIA Pera aí, Ana. Muito imprevisível, estava convencida de pular. Assim ficou estranho. Fiquei tensa.

ANA CRISTINA *(Passa a arma para a mão da outra e encosta o cano na própria testa)* — Então, resolvido. Já que não é arrependimento, vai mesmo pular depois, não vai? Me faça o favor de acabar comigo.

ANA MARIA Pelo amor de Deus, assim também não dá. Eu não tenho razão alguma para te matar...

ANA CRISTINA Vamos, deixa de ser frouxa, faz isso para mim. Atira, vai!

ANA MARIA (arma o cão — disparador — fecha os olhos, mão tremendo) — Lamento, não consigo. Eu até passei a gostar de você.

Ana Cristina Por caridade! Não vamos cair na palhaçada da falsa tentativa de suicídio! *(Recolhe a arma, irritada, mantendo na mão, gesticulando muito.)*

Ana Maria E sob a chacota do público, que no fundo sempre torce para que o suicida tenha êxito. Suicídio é dramático, fracassar em tentativa é ridículo. Mas guarda esse troço, alguém vai acabar se machucando. Até num prédio vizinho.

ANA CRISTINA *(Guarda o revólver)* — Nem me fale. Então, na dúvida sobre o que deixar escrito, e para não ter erro, estava começando uma transmissão ao vivo. Não daria mais para vacilar, era esperar uns vinte espectadores e pano rápido. Tem a ver com a minha carreira. Poucas palavras, voar com o telefone na mão. Enquanto desse para segurar. Mesmo quebrando, as imagens seriam eternizadas em vídeo.

ANA MARIA "Cenas fortes". Vai bombar na rede. Ana, afinal, que caminho de vida te trouxe ao alto de um prédio?

Ana Cristina Ana, acho que chegou mesmo na hora de a gente contar nossas histórias. Começa você.

Ana Maria Ana, chegar aqui, acredite, não é um gesto intempestivo, dramático. Uma decisão impulsiva. Ou o resultado de uma decepção, um trauma, sofrimento ou perda da vontade de viver. Pode ser estranho, mas eu nasci para morrer. Você poderia dizer que, de certa forma, todo mundo nasce para morrer. Primeiro, não é bem isso. As pessoas, ainda crianças, sabem que vão morrer um dia. E nunca se sabe quando. A tendência é torcer e até trabalhar para que seja o mais tarde possível.

ANA CRISTINA Então o que é "nasci para morrer"?

ANA MARIA Desde cedo, cinco, seis anos, eu vivo com um buraco dentro de mim. Um vazio avassalador. Um analista uma vez me disse que ter a noção da morte pode provocar esse tipo de depressão. Mas eu nem sou deprimida. Sempre soube, desde pequena, de uma maneira muito natural, que não tenho nada a fazer neste mundo. No princípio, eu achava que esse meu estado era por uma sensação de rejeição dos meus pais — tenho muitos irmãos e irmãs. Depois descobri que era coisa minha, mesmo. Eu não tenho autoestima. Não por me depreciar. Fiz o dever de casa, fiz amigos, namorei...

ANA CRISTINA Problemas com sexo?

ANA MARIA Nada, tenho orgasmos com a maior facilidade. Só que acabou, vem o quê? Bom seria se fosse interminável.

ANA CRISTINA Como a morte. O incrível da morte é que ela é a única coisa para sempre.

ANA MARIA Estudei, sou uma profissional realizada, mas a cada dia a sensação de que minha vida não faz sentido só faz aumentar. O buraco só vem crescendo. Nem sei como demorei tanto a chegar aqui.

ANA CRISTINA Não casou? Filhos?

ANA MARIA Ana, minha primeira tentativa de suicídio foi aos dez anos...

ANA CRISTINA Puta que pariu!

ANA MARIA Não existe isso de deixar alguém que me importe para trás. Nada, ninguém me importa. Eu não me importo comigo, estou te falando: dez anos.

ANA CRISTINA — Não é possível!

ANA MARIA — Minha mãe estava fora; a empregada, vendo televisão. Saí da sala sem ela perceber, fui até o quarto dos meus pais. Peguei um frasco de Fenobarbital da gaveta da mamãe. Uma vez, a vi tomando. Gostei do nome porque tinha "Barbi" nele.

ANA CRISTINA — Também tenho uma história que passa pela boneca Barbie...

Ana Maria

Ei, na sua vez, você conta. Então, eu sacava que a mamãe dormia logo depois de um comprimido. O vidro era novo, estava quase cheio. A tarja preta era até um atrativo. Virei tudo pela garganta. E sabe como? Usei, para engolir, uma garrafa de uísque que meu pai deixava aberta no bar. Quando ele bebia, também ficava sonolento. Na época, não conhecia marcas. Hoje sei, pelo rótulo vermelho, que era um Johnnie Walker. "*Keep walking*"... Apaguei na hora. Só me lembro da empregada, nem me lembro o nome, gritando feito doida e me sacudindo. Mandaram a mulher embora no mesmo dia, como se fosse culpada. Era a única inocente. Por sorte ou por azar, minha mãe chegou logo em casa e voou comigo para o hospital — que, infelizmente, era perto — e fizeram logo uma lavagem estomacal. Fiquei uns dois dias apagada. Quando voltei, eles sacaram que não era um acidente doméstico e me botaram para fazer análise. E, claro, passaram a trancar as gavetas, esconderam as bebidas e objetos cortantes, botaram grade nas janelas.

ANA CRISTINA Lembra do que você dizia na análise?

ANA MARIA Nunca toquei no episódio. Quando a terapeuta sondava, eu dizia que não me lembrava. No fundo, foi crescendo um ódio por não me deixarem fazer o que eu queria com a minha vida. Tanto assim que, aos 14 anos, eu tive anorexia. Não era dessas que essas patricinhas têm para ficar magrinhas esqueléticas. Eu apenas não queria me alimentar. Nada que me sustentasse fisicamente. E, para acelerar, tentei me matar pela segunda vez. Tinha uma amiga gordinha, já maior de idade, que, forçada pelos pais — ela se achava ótima —, estava começando um tratamento para emagrecer. E, tcham, tcham, tcham, tcham: tinha receita para remédio para emagrecimento! Acho que era Sibutramina, uma porrada. Ela me vendeu; na verdade, trocou por um Ipod, lembra? Eu desci, fui no banheiro de um bar perto e esvaziei todas as cápsulas, jogando o pozinho dentro de uma lata de Guaraná.

ANA CRISTINA Engraçado escolher Guaraná. Houve uma época no Brasil que amores impossíveis e desgraças se resolviam com Guaraná misturado com água sanitária.

Nelson Rodrigues puro! ANA MARIA

ANA CRISTINA Misturado!

Bom, fui de Sibutramina zero. Noventa cápsulas, dosagem para três meses. No táxi de volta para a casa, tomei a lata inteira, num gole só. ANA MARIA

ANA CRISTINA Se você está aqui...

ANA MARIA Pois é. O babaca do motorista, quando me viu tendo uma convulsão no banco de trás, parou no primeiro hospital... Lavagem estomacal, esporro dos pais, sessão de análise, coisa e tal. É uma droga, as pessoas não deixam os outros morrerem em paz. Papai ainda deu uma grana para o taxista. Eu me recusei a agradecê-lo. Por quê?

ANA CRISTINA Isso de impedir que a pessoa dê fim à própria vida é contraditório: se é própria, não é dela? Se é ela a dona, ela pode fazer o que quiser dela. Bom, é tão irônico que suicídio pode ser visto como crime...

ANA MARIA Ué, como se pode punir alguém que se matou? Piada de humor negro. Mas com a justiça que temos no Brasil...

ANA CRISTINA Calma, vou explicar melhor. Já foi crime; não deixa de ser um homicídio, mas ficou óbvio que não se pode punir um morto. Só que um suicida é caso de polícia. Você é presa no parapeito para ser protegida de você mesma, olha que sem sentido. Óbvio que não vai para a cadeia, é encaminhada para tratamento — eles acreditam nisso. Agora, se, na tentativa, acabou criando tumulto, pânico geral ou machucou alguém, vai responder na justiça como uma pessoa comum. Aliás, enquanto está vivo, um suicida é um cidadão comum.

Ana Maria

Já pensou que merda? A criatura fracassa na tentativa de se matar e ainda é processada?

Ana Cristina

A gente não vai escapar, mas é bom ter cuidado para não acertar ninguém. Ainda mais em dupla, aumentam as possibilidades. Olha só o movimento. Não tem como a gente fingir que as pessoas não acham normal a vontade de morrer. Talvez porque acenda nelas a mesma vontade.

Ana Maria

Ou culpa. Todo mundo que é feliz com isso aí deve mesmo se sentir culpado.

Ana Cristina

É ainda um grande tabu, mas não é raro. De novo, minhas pesquisas: o suicídio é uma das primeiras causas de morte entre jovens de países desenvolvidos ou em desenvolvimento. Uma média de trinta brasileiros se mata por dia. Imagina agora, com essa crise. A taxa entre adolescentes aumentou trinta por cento nos últimos 25 anos. São mais de um milhão de pessoas que se suicidam, por ano, no mundo. Trata-se de uma das principais causas de morte entre jovens e adultos com menos de 35 anos de idade. E olha que há uma estimativa de vinte milhões de tentativas de suicídios fracassadas ou não fatais a cada ano.

Ana Maria

Nossa! Umas três vezes mais do que a população do Rio.

Ana Cristina Bom, o Rio vem se suicidando há algum tempo...

Já vi que você é aplicada no tema, mas me permita uma correção. Você associou crise econômica, desemprego. Nós duas somos exemplos vivos — por enquanto — de que o desejo de se matar não tem uma causa localizada. Se fosse assim, "perdeu emprego, se mata", nem precisaria de seguro-desemprego... Bastava o auxílio funeral, muito mais em conta para o Governo. **Ana Maria**

Ana Cristina Tem razão, pisei na bola e repeti um comportamento comum: tentar arrumar uma razão concreta. É mesmo um tabu, com esses índices enormes e ninguém falando no assunto. E não procuram ver essa opção por outro ângulo.

Ana Maria *(Olhando para baixo)* — Do nosso ângulo, é irresistível. Mesmo quem não tem, digamos, tendência, fica tentado diante de um abismo. Tem uma força que puxa. Acho que o maior medo de altura vem disso. Não pelo medo da queda, mas pelo medo da vontade de cair.

ANA CRISTINA E olha que não há registro das tentativas visivelmente fajutas. Estou cansada de ver falsos espetáculos histéricos para chamar atenção, dando todas as chances possíveis para chegar o socorro.

Você está insinuando que eu... ANA MARIA

ANA CRISTINA NÃO! Estou levando a sério o seu caso. Acho que foram para valer.

Tanto assim que não parou ali. ANA MARIA

ANA CRISTINA Sim, você está aqui.

Ok, mas ainda houve mais uma tentativa, a mais radical de todas. Num réveillon. ANA MARIA

ANA CRISTINA Réveillon é foda!

Eu decidi ficar sozinha em casa, ver os fogos na praia. ANA MARIA
Moro aqui perto, já te disse? Toda de branco. Umas três da manhã, já com a areia vazia, virei uma garrafa de Veuve Clicquot...

ANA CRISTINA Adoro!

ANA MARIA Já meio alta, olhei bem para o rótulo e pensei comigo mesma: essa baranga deve ter virado viúva porque o marido se matou. Até salvei a foto *(Mostra a foto da viúva Clicquot)*: olha só que dragão. Baranga total; com certeza *monsieur* Clicquot se matou. Detalhe: a cada gole, um comprimido de Xanax. Eu, primeiro, tomava Frontal. Achei o nome masculino. Fui para o Xanax, me lembra remédio ginecológico... A água do mar estava quentinha, umas marolinhas suaves, fui avançando. Quando chegou na altura da minha xana, foi prazer puro. Segui azul adentro, como uma mariposa na direção da chama da vela. Água no pescoço. Veio uma onda enorme, mas que me jogou para o fundo com delicadeza. Apaguei.

ANA CRISTINA Ué? E como você está viva aqui?

ANA MARIA Pois é... E não é que tinha um surfista por perto? Viu tudo, resolveu ser herói. Me buscou lá no fundo, levou até a praia, fez boca a boca e massagem cardíaca *(Imita a coreografia da outra)*: "Ah, ah, ah, ah, stayin' alive, stayin' alive Ah, ah, ah, ah, stayin' alive!"

ANA CRISTINA Gostei dessa coreografia! Descul-pe...

ANA MARIA Bom, fui acordar dois dias depois, numa clínica. Numa camisa de força, nem sabia que ainda usavam. O surfista, que era um gato, veio me visitar depois. Pedi para todo mundo sair do quarto. Olha que merda: falei para ele trancar a porta e se aproximar, alisei o pau dele com meus pés. A prancha subiu na onda... Me inclinei, de camisa de força e tudo, e chupei ele. Pensa aí: maior técnica, sem as mãos. O moleque ficou doido. Só que, no meio do gozo, dei uma mordida no pau dele. Nada que fizesse estrago, só para ele entender o recado. Vai salvar o caralho! Na confusão, consegui me soltar, saltei da cama, peguei o suporte do soro e parti para cima dele. Abriu a porta na porrada e fugiu apavorado. Comecei a quebrar tudo no quarto, televisão, pia de porcelana do banheiro... Me meteram numa outra camisa de força — estava com cadeado — e me levaram para uma outra clínica. Aí são dois meses da minha vida de que nem me lembro. Só da imagem dos meus pais chorando e discutindo entre si.

ANA CRISTINA E eu achando que você estava aqui fazendo teatro.

ANA MARIA O teatro da minha vida é que nunca completo o último ato. Me mandaram para Miami, estudei, conclui os estudos. Voltei, tenho um consultório lotado e badalado. Achei que era uma motivação. Hoje, cancelei a agenda da tarde, fui no cabeleireiro para dar uma mudada na cara — meu cabelo estava enorme —, até gostei do resultado. Quando vi, estava aqui no terraço. Se não fosse por você...

ANA CRISTINA E alguém te segurou? Fique à vontade...

ANA MARIA Mas eu vou mesmo, pode esperar. Só não vou agora, antes de saber a sua história. Não vai ficar na memória, mas, antes de morrer, fiquei morrendo de curiosidade.

ANA CRISTINA Acho justo. Vou tentar resumir as temporadas. Infância/puberdade. Pai militar, barra pesada. Bem pesada. Não podíamos trancar a porta do quarto, nem a do banheiro. Transferido do interior de São Paulo para o Rio; viemos morar no Leblon. Só piorou: ele cheirava nossa boca atrás de bafo de cigarro ou álcool. Eu com 12 anos. Doente, né? Doença que foi ficando grave: minha irmã era bonitinha, e ainda tinha um irmão mais velho, mas eu virei uma ninfeta. Não vou inventar, era mesmo uma gata. Aí, tudo passou a ser culpa minha. Briga com irmão, brinquedo quebrado, tudo eu, tudo eu. Depois, saquei que isso encobria uma tara. Uma noite, acordei com ele...

ANA MARIA

Ele, quem?

ANA CRISTINA

Porra, meu paizinho. Ele debruçado na minha cama, beijando suavemente a minha boca. Fiquei congelada de terror.

ANA MARIA

Ana, você é que sabe o que passou, mas é comum a criança fantasiar esses lances. Tem a ver com o crescimento da libido...

Ana Cristina Fantasia? Acordei algumas vezes com ele alisando as minhas coxas. Fingia continuar dormindo, me virava, ele saía assustado.

Credo! **Ana Maria**

Ana Cristina Eu meio que insinuava essa situação para a minha mãe, e ainda levava esporro. Com direito a ela dizendo que eu me vestia de forma indecente. Chegou a tal ponto que passei a dormir com um Bob dentro da calcinha.

Bob é um vibrador? **Ana Maria**

Ana Cristina Vai me dizer que não conheceu o namorado da Barbie?

Claro, o Ken. **Ana Maria**

Ana Cristina Haja saco. Primeiro lançaram o Ken, um loirinho com jeito de boiola. Aí vieram as patrulhas e surgiu o Bob, um moreninho. Mais meu jeito.

Acho que as patrulhas surgiram com a descoberta do fogo. — ANA MARIA

ANA CRISTINA — Eu sei que inventaram o Bob, achava ele mais másculo. Só que não colou. Tiraram o escurinho de fabricação, mas eu fiquei fiel ao Bob, o guardião da minha virgindade

Esquisito isso de dormir com um boneco entre as pernas. — ANA MARIA

ANA CRISTINA Pois a estratégia funcionou: um dia acordei sem calcinha, com o Bob caído e pisado no chão. Sai gritando pelo pela casa. Entrei no banheiro, olhei no espelho e foi bizarro: meus olhos estavam negros, as partes brancas sumiram, parecia vazado, eu era um zumbi. Meus olhos pareciam dois fossos. Eu tinha virado um fosso. Busquei o fosso. Subi na privada e me lancei pelo basculante. Se não tinha como fugir desse pesadelo, o melhor destino era o pátio de concreto da área interna. Eu já estava praticamente atirada para fora quando meu pai, muito forte, me segurou e puxou pelos calcanhares. Me arrastou até o quarto, sem dizer uma palavra. Minha mãe, no corredor, também não abriu a boca.

Que barra! ANA MARIA

ANA CRISTINA Chegamos à segunda temporada: no dia seguinte, fugi de casa. Fui para casa da minha avó, mãe da minha mãe. Ela deve ter sacado a situação lá em casa, bancou a minha permanência. Não teve discussão. Para mim, foi uma admissão de culpa. Meu pai não tinha moral para exigir a minha volta; a patética da minha mãe devia, no fundo, estar comemorando meu sumiço. Eu devia ter uns 14 anos. Dois anos depois, estava grávida de um vizinho. Tinha a minha idade, 16 anos. Fomos morar na casa dos pais dele. Veio o Thiago, uma graça de menino. Parecia que tinha encontrado o céu. Só que o Gilson — o nome dele era Gilson — passou a puxar muito fumo. Começaram as discussões. Ele me deu um puta tapa na cara. Nem pisquei. Saí direto para a praia.

Dramalhão, novela mexicana. ANA MARIA

ANA CRISTINA E, afinal, você assiste novela?

Justamente porque sei como é que não assisto... ANA MARIA

ANA CRISTINA Eu estava na praia, aos prantos; passou um cara e disse que eu era linda, perguntou se queria posar para uma revista. Vi que não era cantada, ele tinha até cartão, senti que era papo reto, topei na hora. Abriu a terceira temporada. Dali, estourei numa carreira de modelo, veio logo televisão, cinema e teatro. Naquela época se ganhava dinheiro com teatro. Com independência financeira, fui morar sozinha. Bombada daquele jeito, era impossível cuidar do Thiago. E, reconheço, com todas as cagadas, o Gilson é um bom pai. Na verdade, ele ganhou o direito de criar. Aí já era eu fazendo merda, e fiz logo outra maior.

Quarta temporada. ANA MARIA

Ana Cristina Teste para uma super novela. Eu sabia que o diretor gostava de comer atriz. Numa boa, sei que passaria sem teste do sofá, mas rolou paixão. Tanto assim que ficamos alguns anos juntos e dessa relação veio o Matheus. Outro anjo. Acontece que eu ainda estava amamentado e o filho da puta passou a me cornear, com direito a foto do casal escroto em revista de fofoca.

Ana Maria Não vai dar nome do santo? Sei que daqui a pouco vou morrer, mas, antes, estou morrendo de curiosidade.

ANA CRISTINA Sabe que não vou falar? Primeiro porque você inventa que não vê novela e fica interessada na lama em volta. Segundo porque não consigo nem pronunciar o nome do canalha. Se pudesse escolher, empurrava ele em vez de me jogar. Ok, depois pulava, para cair em cima dele. Coincidiu que a minha carreira se esmerdiou. Achamos melhor o Matheus ficar com ele, cheio da grana. Mas sou mãe carinhosa e presente, sempre estou com meus filhotes.

Acabou o drama. ANA MARIA

ANA CRISTINA Eu achava que sim, mas: quinta temporada. Fui seduzida por um homem mais velho, com muitas flores e diamantes. Um empresário do agronegócio.

Como chama o pecuarista, hoje. ANA MARIA

Ana Cristina Logo descobri que o ancião só queria me exibir para os amigos. Só faltava me apresentar em leilão rural. Nossa vida sexual nem era vida, muito menos sexual. Coincidentemente, os convites minguaram, mas juro que não dei o golpe do baú nele. No início, eu sentia um amparo espiritual, virei objeto para exibição. Descolei mais uma boa pensão. Hoje, não preciso trabalhar.

Então foi tipo um *happy end*! Ana Maria

ANA CRISTINA Ao contrário: filhos encaminhados, vida mansa, descobri que o que me mantinha viva era atuar. É uma bênção ganhar a vida saindo de você, soltando seus demônios, e ainda ser aplaudida por isso. Perdi a motivação para viver e passei, como viu, a estudar profundamente o suicídio. Hoje de manhã, me achei pronta. Aqui estamos.

ANA MARIA Mas em forma como você ainda está...

ANA CRISTINA Obrigada pelo "em forma". E pelo "ainda"...

ANA MARIA Não faz charme, Ana, você sabe que tem uma beleza invejável, em qualquer idade.

Ana Cristina Obrigada, de novo. Então me deixa consertar: ao mesmo tempo em que sinto falta dos holofotes, noutro dia fui chamada para uma novela...

Uau! **Ana Maria**

Ana Cristina Uma emissora menor, não seria problema; um texto água com açúcar, também não me incomoda, nunca incomodou; uma grana legal; elenco cheio de queridos e talentosos colegas. Uma personagem parecida com as que já fiz umas três vezes no passado. Caiu a ficha: eu gostaria de atuar, só que já desempenhei todos os papéis possíveis numa carreira, na vida. É isto: minha carreira e minha vida se esgotaram ao mesmo tempo.

Ana Maria Entendo. Bom, as intenções, ao menos de minha parte, não mudaram. Qual a sua sugestão? Uma de cada vez? Cara ou coroa? Para ou ímpar? Se quiser que pulemos juntas, até de mãos dadas, não me incomodo.

Ana Cristina Nossa! Sabe o que pensei agora, Ana? *(Entra um barulho ensurdecedor de helicóptero; se possível, com vento. Fica inaudível o que ela fala. Elas gesticulam contra a aeronave, que passa.)*

Ana Maria *(Pensa um pouco)* — Não passou pela minha cabeça. Taí: gostei, achei o máximo. Mas desde que... *(Volta o helicóptero. De novo, não se entende nada do que se fala. Elas mostram o dedo na direção da aeronave.)*

(Em silêncio, no ponto mais alto do piso, elas se contemplam.)

ANA CRISTINA Vamos logo, que os caras devem chamar a polícia.

ANA MARIA Combinado. Lembrei até do *An Affair to Remember*, o lindo *Tarde demais para esquecer*, com o Cary Grant marcando encontro com a Deborah Kerr, um ano depois, justamente no Empire State.

ANA CRISTINA Com a diferença de que será neste shopping em Ipanema e na semana que vem. Sempre teremos Ipanema. E, diferente do filme, ninguém vai faltar. Você promete?

ANA MARIA Prometo, do fundo do meu sofrido coração. Aliás, batendo um pouco mais forte, Ana.

ANA CRISTINA O meu também, Ana.

(As duas se abraçam. Cada qual se encaminha até a beirada oposta do piso e, sem usar os degraus, pulam para baixo, com fade simultâneo.)

“Suicide Is Painless” de Johnny Mandel e Michael B Altman, tema do filme M*A*S*H*

Robert Altman

Through early morning fog I see
Visions of the things to be
The pains that are withheld for me
I realize and I can see

That suicide is painless
It brings on many changes
And I can take or leave it if I please

The game of life is hard to play
I'm gonna lose it anyway
The losing card I'll someday lay
So this is all I have to say

That suicide is painless
It brings on many changes
And I can take or leave it if I please

(...)